Comentarios de los niños y a~~delos~~
acerca de La casa del árbol®

"¡Oh, cielos... esto~~...~~
realmente em~~...~~
—Chri~~...~~

"Me encanta la serie La cas~~...~~ me quedo
leyendo toda la noche. ¡Incluso
en época de clases!".
—Peter

"Annie y Jack han abierto una puerta al
conocimiento para todos mis alumnos.
Sé que esa puerta seguirá abierta durante
todas sus vidas".
—Deborah H.

"Como bibliotecaria, siempre veo a muchos jóvenes
lectores preguntar felices por el siguiente libro de
la serie La casa del árbol".
—Lynne H.

TÍTULOS DE LA CASA DEL ÁRBOL

LA CASA DEL ÁRBOL® #44
MISIÓN MERLÍN

Cuento de fantasmas

para la Navidad

Mary Pope Osborne

Ilustrado por Sal Murdocca

Traducido por Marcela Brovelli

LECTORUM
PUBLICATIONS, INC.

Para Jack y Cathy Desroches

Spanish translation©2019 by Lectorum Publications, Inc.
Originally published in English under the title
A GHOST TALE FOR CHRISTMAS TIME
Text copyright©2009 by Mary Pope Osborne
Illustrations copyright ©2009 by Sal Murdocca
This translation published by arrangement with Random House Children's Books, a division of Penguin Random House LLC, New York.
MAGIC TREE HOUSE® is a registered trademark of Mary Pope Osborne, used under license.

Library of Congress Cataloging-in-Publication Data:
Names: Osborne, Mary Pope, author. | Murdocca, Sal, illustrator. | Brovelli, Marcela, translator.
Title: Cuento de fantasmas para la Navidad / Mary Pope Osborne ; ilustrado por Sal Murdocca ; traducido por Marcela Brovelli.
Other titles: Ghost tale for Christmas time. Spanish
Description: Lyndhurst, NJ : Lectorum Publications, [2019] | Series: Casa del arbol ; #44 | "Mision Merlin." | Originally published in English: New York : Random House, 2010 under the title, A ghost tale for Christmas time. | Summary: Jack and Annie travel back to Victorian London when Merlin asks them to use their magic to inspire Charles Dickens to write "A Christmas Carol."
Identifiers: LCCN 2019018966 | ISBN 9781632457882
Subjects: | CYAC: Time travel--Fiction. | Magic--Fiction. | Brothers and sisters--Fiction. | Dickens, Charles, 1812-1870--Fiction. | London (England)--History--19th century--Fiction. | Great Britain--History--Victoria, 1837-1901--Fiction. | Spanish language materials.
Classification: LCC PZ73 .O747213 2019 | DDC [Fic]--dc23 LC record available at https://lccn.loc.gov/2019018966
....
ISBN 978-1-63245-788-2
Printed in the U.S.A
10 9 8 7 6 5 4 3 2 1

ÍNDICE

Queridos lectores:

Cuando estaba en la escuela secundaria, pasaba la mayor parte de mi tiempo libre en el pequeño teatro de nuestro pueblo, actuando en obras o trabajando detrás de la escena. Un año, participé en la producción de Cuento de Navidad, *de Charles Dickens; una historia atemporal que los lectores y el público de teatro han disfrutado por más de ciento cincuenta años. Después de trabajar durante semanas entre bambalinas sentí que, realmente, estaba viviendo en el excitante y dramático mundo de Charles Dickens, en la era victoriana. Una de las razones por las que decidí escribir* Cuento de fantasmas para la Navidad *fue mi deseo de volver a visitar ese mundo.*

Así es la magia de la imaginación: ya sea haciendo una obra de teatro, escribiendo una historia o leyendo una novela, uno siempre termina con la sensación de haber visitado nuevos lugares, conocido gente nueva y compartido sus aventuras. Cuando terminen este libro, espero que ustedes también sientan que estuvieron con Annie, Jack y Charles Dickens, escapando de una multitud enojada, disfrutando de un delicioso banquete en una vieja posada y encontrándose con los tres fantasmas.

Prepárense para vagar por las calles de Londres en la Inglaterra de mucho tiempo atrás, a la hora del crepúsculo. Los caballos circulan sobre los adoquines, y la niebla está a punto de cubrirlo todo...

Mary Pope Osborne

"Tal vez todo el tiempo haya olor a castañas tostadas
y otras cosas buenas y reconfortantes,
pues estamos contando cuentos invernales:
historias de fantasmas… junto al fuego, en Navidad…"
—Charles Dickens, de *Un árbol de Navidad.*

Prólogo

Un día de verano, en Frog Creek, Pensilvania, apareció una misteriosa casa, en la copa de un árbol. Muy pronto, los hermanos Annie y Jack se dieron cuenta de que la pequeña casa era mágica. En ella podían viajar a cualquier lugar y época de la historia, ya que la casa pertenecía a Morgana le Fay, una bibliotecaria mágica, del legendario reino de Camelot.

Luego de muchas travesías encomendadas por Morgana, Annie y Jack vuelven a viajar en la casa del árbol, para cumplir las "Misiones Merlín", a pedido del gran mago. Con la ayuda de Teddy y Kathleen, dos jóvenes hechiceros, los hermanos viajaron a lugares míticos en busca de unos objetos muy valiosos para salvar al reino de Camelot.

En las cuatro Misiones Merlín siguientes Annie y Jack, nuevamente, son enviados a épocas y lugares reales de la historia. A partir de allí, tras demostrarle a Merlín que ellos podían hacer magia con sabiduría, el gran mago los premia con la Vara de Dianthus, una poderosa vara mágica capaz de ayudarlos con su propia magia. Así, Annie y Jack logran encontrar cuatro secretos de la felicidad para Merlín, en uno de los momentos más difíciles para él.

El nuevo deseo de Merlín es que los hermanos viajeros brinden felicidad a otros, ayudando a cuatro personas muy creativas y talentosas a compartir sus dones con el mundo entero. Annie y Jack ya ayudaron a las primeras tres: Wolfgang Amadeus Mozart, Louis Armstrong y Lady Augusta Gregory. Ahora, están listos para ir en busca de la última...

CAPÍTULO UNO

¿Viste eso?

Annie y Jack iban caminando a su casa luego de la práctica de fútbol. Eran las cuatro y media de la tarde y la luz del sol se apagaba rápidamente.

—En noviembre, los días son muy cortos —comentó Jack.

—Sí, pero en este mes el cielo se ve realmente bonito —contestó Annie.

El horizonte resplandecía con la luz anaranjada de la puesta de sol. De repente, un rayo de luz atravesó el cielo iluminando el bosque de Frog Creek.

—¡Huy! —exclamó Jack—. ¿Viste eso?

—¿Qué cosa? —preguntó Annie.

—¡Un rayo de luz! —dijo Jack—. ¡Como una estrella fugaz!

—¿Encima de los árboles? —preguntó Annie.

—¡Así es! —confirmó Jack, y salió corriendo en dirección al bosque.

—¡Corre! —dijo Annie.

—¡Es lo que hago! —contestó Jack.

Bajaron por la acera a toda velocidad y se internaron en el bosque de Frog Creek. Mientras corrían entre las sombras, iban pisando las hojas secas. Finalmente, cuando llegaron al roble más alto, vieron la casa mágica en la copa.

Teddy y Kathleen estaban en la ventana. Los dos jóvenes magos parecían brillar con la luz del atardecer. Teddy sonreía y saludaba con alegría. El pelo de Kathleen danzaba con la brisa.

—¡Hola! —gritó Teddy.

—¡Hola! —contestó Annie en voz bien alta.

—¡Vengan! —gritó Kathleen.

Annie y Jack subieron rápidamente por la escalera colgante. Entraron en la casa del árbol y abrazaron a sus amigos.

—¡Hace mucho que no nos vemos! —comentó Jack—. ¿Qué han hecho todo este tiempo?

—Aprender más magia… y ponerla en práctica —contestó Teddy—. Convertimos sapos en niños.

—Y niños en sapos —agregó Kathleen, sonriente, mirando a Teddy.

—Sí, a mí me divirtió ser sapo por un día —añadió Teddy.

Annie y Jack se rieron.

—¡Los extrañamos! —dijo Annie.

—Nosotros también —respondió Kathleen—. Nos alegramos mucho cuando Merlín nos dijo que ya era hora de mandarlos a una nueva misión.

—¿Quiere que ayudemos a otro gran artista a que comparta sus dones con el mundo? —preguntó Jack.

—Sí —respondió Teddy—. Hasta ahora, ustedes ayudaron a Wolfgang Amadeus Mozart, a Louis Armstrong y a Lady Augusta Gregory. En esta oportunidad, viajarán a la Inglaterra de la era victoriana para ayudar a Charles Dickens.

—Ese nombre me resulta familiar —comentó Jack—. Pero no puedo recordar por qué.

—Yo tampoco —contestó Annie.

—Estoy segura de que sabrán mucho más acerca de él al final de la misión —añadió Kathleen—. Mientas tanto, aquí tienen algo que los ayudará. —Metió la mano entre los pliegues de su túnica y sacó un libro.

En la tapa se veía a dos niñas vestidas con falda larga, paseando por un sendero arbolado. Más atrás, se alzaban construcciones con torres y altas chimeneas.

—¿Londres? —preguntó Jack—. ¡Esa es la ciudad de Inglaterra donde conocimos a William Shakespeare!

—Sí, pero Charles Dickens vivió más de doscientos años después de Shakespeare —comentó Kathleen—. Fue en la era victoriana, en el siglo XIX.

—¿Era victoriana? —preguntó Annie.

—Fue la época en la que una reina llamada Victoria rigió el Imperio Británico —explicó Teddy.

—Genial, una reina —comentó Annie—. ¿Puedo preguntar algo? Aquí veo a dos niñas de falda larga con miriñaque, como la que yo usé cuando fui a la época de Mozart. Me resultaba muy difícil correr y andar con esa ropa. ¿Podría vestir de otra manera?

Teddy se rió.

—Sí, creo que pediremos que uses algo más cómodo —respondió—. Pero tendrás que vestirte de varón.

—No hay problema —contestó Annie.

—¿Tendremos otro instrumento mágico en esta misión? —preguntó Jack.

—Por supuesto —contestó Kathleen—. Les dimos una flauta para ayudar a Mozart, una trompeta para ayudar a Louis Armstrong y una flauta irlandesa para ayudar a Lady Augusta Gregory; todos instrumentos mágicos. ¿Aún tienen el último?

—Claro, lo dejamos aquí —dijo Annie. Agarró la flauta irlandesa del suelo y se la dio a Kathleen.

—Gracias —contestó ella, agarrando la flauta. La lanzó hacia arriba y el instrumento giró y giró como un trompo. Luego, un remolino de luz azul lo hizo desaparecer. En su lugar, apareció flotando un pequeño violín con su arco. Kathleen extendió la mano y lo agarró.

—Este violín mágico les servirá muchísimo en esta misión —explicó.

—Me encanta la música de violín —comentó Jack.

—Bien —dijo Kathleen, entregándole el

instrumento y el arco a Jack—. Entonces, tal vez tú deberías tocar mientras Annie inventa una canción.

—No hay problema —dijo Annie—. ¿Y lo que yo cante se hará realidad?

—Exacto —contestó Teddy.

—¿Tienen alguna otra pregunta? —preguntó Kathleen.

—No —contestó Annie.

Jack estaba seguro de tener más preguntas, pero antes de pensar en alguna, Annie señaló la tapa del libro.

—¡Deseamos ir a este lugar! —exclamó.

El viento comenzó a soplar.

La casa del árbol empezó a girar.

Más y más fuerte cada vez.

Después, todo quedó en silencio.

Un silencio absoluto.

CAPÍTULO DOS

Dos caballeros de Frog Creek

Annie y Jack aparecieron vestidos con chaqueta verde y marrón de terciopelo, pantalones oscuros y boina de lana. Ambos estaban calzados con botas nuevas y lustrosas. La mochila de Jack se había convertido en una bolsa verde de terciopelo con una hebilla de metal.

—Ropa elegante —comentó Jack.

—Bueno, al menos no tengo que lidiar con esa falda gigante que tenía en Viena —dijo Annie.

—Sí, y estas botas no están llenas de agujeros como las que usamos en Irlanda —dijo Jack.

—Y bien, ¿dónde estamos? —preguntó Annie. Ella y Jack se asomaron a la ventana.

La casa mágica había aterrizado en una hilera de árboles enormes. A lo lejos se veía un parque muy verde con jardines y senderos.

Un camino atestado de carros tirados por caballos bordeaba todo el parque. La luz otoñal iluminaba los techos, las torres y los campanarios de las iglesias. Por encima de cientos de chimeneas, se alzaban columnas de humo negro.

—Londres es bellísima —dijo Annie—. Bueno, empecemos a buscar a Charles Dickens.

—Espera, primero voy a consultar el libro —comentó Jack.

Buscó en el índice y, al abrir el texto, vio la fotografía de un hombre apuesto de pelo castaño y ondeado, y enormes ojos. Jack empezó a leer:

Charles Dickens, nacido en Inglaterra en el año 1812, es uno de los escritores más famosos de todos los tiempos.

—¿De todos los tiempos? —preguntó Annie—.

Vaya, no va a ser muy difícil encontrarlo.

—Tal vez aún no es famoso —comentó Jack—. Si lo fuera, ¿por qué necesitaría nuestra ayuda?

—Buena pregunta —dijo Annie—. Empecemos a buscar la respuesta.

—Está bien, pero primero deberías esconder tus trenzas —agregó Jack.

—Tienes razón, se supone que soy un varón —respondió Annie, ocultando el pelo debajo de la boina—. En el pasado, las niñas no tenían demasiada elección, ¿verdad? ¿Cómo me veo?

—Bien —contestó Jack.

—Bueno, ya vámonos —dijo Annie.

Mientras ella salía de la casa mágica, Jack abrió su bolsa verde de terciopelo. Guardó el libro de consulta, el violín mágico y el arco. Luego, cerró la hebilla de la bolsa y bajó detrás de su hermana.

Cuando pisó el pasto oyó un tintineo en el bolsillo. Metió la mano y sacó un puñado de monedas.

—¡Eh, tengo dinero! —dijo Jack.

—¡Yo también! —añadió Annie.

—Fantástico —exclamó Jack—. No me gustó ser pobre en las últimas dos misiones.

Echaron a correr sobre las hojas secas hasta que llegaron a un área abierta del parque. Allí, un hombre parado sobre una plataforma daba un discurso. Las mujeres paseaban a sus bebés en pequeños cochecitos. Los niños se divertían con botes de juguete en la orilla de un estanque.

—Tenemos que pedirle ayuda a alguien —sugirió Annie, mirando a su alrededor—. ¡Disculpe! —le dijo a una mujer de cofia floreada—. ¿Sabe dónde vive el señor Charles Dickens?

—¿Cómo...? Sí, vive con su familia en el número 1 de Devonshire Terrace —dijo la mujer—, debajo de Regent's Park.

—Gracias —contestó Annie.

—Eso fue fácil —comentó Jack, mientras la mujer se alejaba.

—Creo que ya es famoso —dijo Annie.

—Sí —contestó Jack, volviendo a sacar el libro—. Veamos si hay un mapa. —Y empezó a hojear el texto hasta que encontró un mapa de la ciudad de Londres—. Aquí está Regent's Park. —Y miró a su alrededor. —¿Dónde estamos ahora?

—Allí dice Hyde Park —contestó Annie.

—Parque incorrecto —dijo Jack, mirando el mapa—. A ver, Hyde Park está aquí... y Regent's Park está aquí; están muy lejos uno del otro.

—Está bien —dijo Annie—. Nosotros tenemos dinero y en Londres hay carruajes. ¡Será divertido!

—Así es... —contestó Jack—. Vamos a buscar un coche.

Rápidamente, avanzaron por el pasto hacia la concurrida calle que bordeaba el parque. Carruajes de todas las formas y tamaños repiqueteaban sobre los adoquines. Cuatro caballos tiraban de un coche negro. Dos burros tiraban de un viejo carro de madera con banquillos.

—¡Discúlpeme! —le dijo Jack al conductor de un pequeño coche rojo, aparcado junto a la acera—. ¿Puede llevarnos al número 1 de Devonshire Terrace, debajo de Regent's Park?

El cochero sonrió desde su asiento.

—¡Claro, señor! —dijo—. Estaré encantado de llevar a dos caballeros jóvenes y elegantes por nuestra bonita cuidad.

Jack cruzó la mirada con su hermana y sonrió.

—Gracias —le dijo al cochero.

—Suban a mi coche, por favor —dijo el conductor—. ¿De dónde son ustedes?

—De Frog Creek —contestó Annie, poniendo voz grave.

—¡Frog Creek! Debe de ser un lugar bonito —dijo el cochero. Agitó las riendas y el caballo empezó a trotar por la calle de adoquines.

Con el aire fresco del otoño, el coche rojo avanzó repiqueteando por delante de jugueterías, fabricantes de botas y de sombreros. Luego, por mansiones de ladrillo con jardines y construcciones ornamentadas con torres y torrecillas.

—Qué ciudad tan bonita —comentó Annie.

—Sí —agregó Jack, sacando el libro de la bolsa. En una de las primeras páginas había un retrato de una mujer de cara redonda, vestida con una túnica roja. Sobre la cabeza llevaba una corona.

La era victoriana comenzó cuando la reina Victoria subió al trono de Inglaterra en 1837. Su reinado terminó

junto con el siglo, convirtiendo al país en un imperio poderoso en todo el mundo.

—Vaya —exclamó Annie. Se asomó por la ventanilla del coche y llamó al conductor. —Disculpe, señor, ¿dónde está la reina hoy?

—Creo que está de vacaciones con el príncipe Alberto —contestó el conductor.

—¿Cuánto tiempo hace que es reina? —preguntó Annie.

—A ver, fue coronada y se mudó al palacio de Buckingham hace seis años —contestó el hombre.

—¡Gracias! —dijo Annie, acomodándose en su asiento nuevamente—. Me encanta esta época de la historia, con una reina, un príncipe y un palacio.

—Sí —contestó Jack, listo para continuar leyendo:

Durante el reinado de Victoria, en Inglaterra tuvo lugar un período llamado Revolución Industrial, en el que la gente comenzó a dejar de trabajar en las granjas. Con la invención de diferentes

máquinas muchos fueron empleándose
en minas y en fábricas. Y mucha gente se
hizo muy rica.

Jack miró por la ventana. La gente que caminaba
por allí se veía rica de verdad. Las mujeres y las
niñas llevaban puestos vestidos con cintas y volantes
y entraban y salían de las tiendas. Los niños vestían
camisas blancas con holanes y los hombres iban de
traje y sombrero de copa.

Jack siguió leyendo:

Si bien durante este período mucha gente
se enriqueció, muchos otros tenían que
trabajar en terribles condiciones. Incluso,
niños pequeños trabajaban en minas y
en fábricas. Los ricos y los pobres vivían
en la misma ciudad, pero en mundos
muy diferentes: los ricos daban fiestas en
grandes mansiones, mientras que algunos
pobres morían muy jóvenes de hambre o
por enfermedad.

—Huy —exclamó Annie—. Me parece que ya no me gusta tanto esta parte de la historia.

De repente, el coche se detuvo.

—Hemos llegado al número 1 de Devonshire Terrace —dijo.

Jack cerró el libro y se asomó a la ventanilla. Habían aparcado enfrente de una alta pared de ladrillos, con una entrada de hierro. Annie y Jack bajaron a la acera. El cochero abandonó su asiento.

—¿Cuánto le debemos? —preguntó Jack.

—Un chelín, señor, por favor —respondió el hombre.

Jack metió la mano en el bolsillo y sacó una moneda grande. No tenía idea de su valor, pero se la dio al cochero.

—Espero que esto sea suficiente —dijo.

Al hombre se le salieron los ojos de las órbitas.

—¡Oh, cielos, claro que sí! ¡Muchas gracias, caballeros! ¡Gracias! ¡Gracias! ¡Mis niños, gracias! ¡En nombre de todos los trabajadores del mundo, gracias! ¿Vengo a recogerlos más tarde?

—Perdón, pero no sabemos cuánto tiempo

estaremos aquí —agregó Jack.

—Bueno, creo que pasaré por aquí una y otra vez —comentó el cochero—. Si los veo, obviamente, pararé. ¡Siempre es un placer llevar a dos caballeros como ustedes! —El hombre saludó y se subió al coche. —¡Que tengan buen día, bondadosos caballeros! —dijo en voz alta, levantándose el sombrero ligeramente.

Mientras el caballo se alejaba, Jack miró a Annie.

—Se volvió loco —comentó.

—Creo que le diste mucho más de lo que se cobra —contestó Annie riéndose.

Los seguía una mujer con un bebé en los brazos.

—¡Mary! ¡Kate! ¡Charley! ¡Espérenme!

—¡Apresúrese, madre! —gritó el pequeño.

—¡Espérame, Charley Dickens! —gritó la joven madre, alcanzando a sus hijos. Luego, todos dieron vuelta en la esquina.

—¿*Charley Dickens*? —dijo Jack, asombrado.

CAPÍTULO TRES

De millonarios a pobres

Jack miró a su hermana.

—Ese niño se llama Charley Dickens —comentó él.

—Sí —dijo Annie—, entonces debe de tener cinco o seis años.

—Oh, cielos —se quejó Jack—. ¿Entonces Merlín quiere que ayudemos a otro niño pequeño, como Wolfie Mozart?

—Eso parece —añadió Annie.

—Espera un minuto, esto no tiene sentido. Calculemos bien la edad —sugirió Jack, sacando el libro para investigar—. Según lo que leímos,

Charles Dickens nació en 1812, y aquí dice que la reina Victoria fue coronada en el año 1837.

—El cochero dijo que ella es reina desde hace seis años... —comentó Annie—. Ahora estamos en 1843; restémosle 1812...

Jack hizo el cálculo mentalmente.

—Eso da... ¡treinta y uno! —dijo.

—¡Bien! —exclamó Annie.

—Entonces, Charles Dickens tiene esa edad —agregó Jack—. Y Charley debe de ser su hijo.

—Fantástico —dijo Annie—. Vayamos a conocer a Charles, padre.

Jack guardó el libro. Ambos se acercaron a la puerta principal. Entre los barrotes de hierro, se veía una casa de tres pisos, con altos ventanales.

—Bello lugar —comentó Annie—. Parece que Charles Dickens ya compartió sus dones con el mundo.

—Sí, y ha recibido bastante a cambio —agregó Jack—. Ahora quisiera saber cuál es su problema.

—Tendremos que esperar a verlo —dijo Annie, tocando el timbre.

Un momento después, se abrió la puerta principal y salió una mujer corpulenta, vestida con un delantal blanco.

—¿Sí…? —dijo, a través de los barrotes.

—¿Esta es la residencia de los Dickens? —preguntó Annie.

—Así es —contestó la mujer.

—¡Ah, excelente! —dijo Annie—. Vinimos a visitar a Charles Dickens.

—¿Quiénes son ustedes? —les interrogó.

—Somos Jack y An… —empezó a decir Annie.

—¡Andrew! —interrumpió Jack.

—Correcto —dijo Annie, poniendo voz ronca—. Somos Jack y Andrew, de Frog Creek. ¿Y usted?

—Soy la señora Tibbs, el ama de llaves —respondió la mujer—. Y lamento decirles que hoy el señor Dickens no recibe visitas. Está trabajando en su último libro, no se lo puede molestar.

—Señora Tibbs, ¿podríamos verlo sólo unos cinco minutos, por favor? —insistió Annie.

—Jovencito, me temo que justo ahora el señor Dickens tiene que dedicarle todo su tiempo a escribir —explicó la señora Tibbs—. Seguramente, ustedes saben lo importante que es su trabajo.

—Sí, señora, por supuesto —contestó Jack—, pero…

—Lo lamento mucho, jóvenes caballeros —dijo la señora Tibbs—. Me apena mucho dejarlos aquí, pero debo entrar. Espero que no le guarden rencor al señor Dickens. —Con esas palabras, la señora Tibbs se alejó rápidamente.

—Bueno, no avanzamos ni un paso —comentó Jack.

—Claro que no —agregó Annie.

—Discúlpennos, señores —dijo alguien.

Annie y Jack se dieron vuelta.

Dos niños con la cara y la ropa sucia estaban parados junto a ellos. El más alto llevaba puesto un viejo sombrero de copa y el pequeño, una gorra de lana, demasiado grande para él. En la mano, tenía un cepillo redondo y enorme, una escoba y algunos trapos.

—Eh… hola —saludó Jack.

—Sólo queremos tocar el timbre, señor, si no le

molesta —comentó el niño más grande.

—Seguro —contestó Jack—, pero el ama de llaves no deja pasar a nadie. Por eso nos íbamos.

—A nosotros nos permitirá entrar —dijo el niño más pequeño—. Vinimos a deshollinar las chimeneas.

—¿Están seguros de que los dejará entrar? —preguntó Annie—. Esperen... —Y se volteó para hablar con Jack. —¡Tengo una idea!

—No, no la tienes. Nos vemos, niños... —dijo Jack, tratando de llevarse a su hermana, pero ella no se movió.

—Esperen, no toquen el timbre todavía —les dijo Annie a los niños—. ¿Querrían ocupar nuestro lugar por un rato?

—Annie... —exclamó Jack.

—Espera... —contestó ella.

Los niños se veían confundidos.

—¿Qué quieres decir? ¿Para qué? —quiso saber el mayor.

—En realidad... —empezó a decir Jack.

Pero Annie se le adelantó.

—Hagamos un trato —dijo ella—. Hemos viajado mucho para llegar hasta acá. Y, la verdad, es que tenemos urgencia en hablar con el señor Dickens. Así que... si nosotros entramos a deshollinar las chimeneas, podremos verlo.

—Pero perderemos nuestra paga —respondió el niño mayor.

—¿Cuánto les pagan por este trabajo? —preguntó Annie.

—Dos peniques —contestó el pequeño.

Annie sacó un puñado de monedas del bolsillo.

—¿Esto es suficiente? —preguntó.

Los niños, con los ojos desorbitados, asintieron con la cabeza, entusiasmados.

—Y también les daremos nuestras chaquetas —añadió Annie—, si nos prestan su ropa.

—Pero ¿qué dices? —exclamó Jack, apartando a su hermana—. Este no es un buen plan, Annie.

—Sí lo es —respondió ella—. ¿No recuerdas cuando nos echaron de la Gran Mansión, en Irlanda? Si hubiéramos tenido un trabajo nos habríamos quedado allí sin problemas.

—Pero no sabemos deshollinar chimeneas —insistió Jack.

—No creo que sea tan difícil —dijo Annie—. Al menos, podremos entrar en la casa para espiar al señor Dickens. Casi sin darnos cuenta, nuestro problema quedará resuelto. Tocaremos nuestra música mágica y el señor Dickens estará compartiendo más dones con el mundo. ¡Y misión cumplida!

Antes de que Jack pudiera protestar, Annie se acercó a los deshollinadores de chimeneas.

—Entonces, ¿quieren intercambiar su ropa por la nuestra? ¿Y también los gorros?

Los niños, maravillados, miraron a Annie.

—¡Esas chaquetas son buenas, Harry! ¡Y los gorros, también! —El pequeño tiró el cepillo y la escoba. Se quitó el abrigo, se puso la chaqueta de terciopelo de Annie e intercambió su gorra sucia y vieja por la boina nueva y limpia de ella.

—¡Eh, eres una niña! —dijo el pequeño al ver las trenzas de Annie.

—¿Y qué tiene de malo? —preguntó ella,

escondiendo el pelo en la gorra.

—Olvídalo, Colin, los ricos son raros —comentó Harry, sacándose el abrigo para dárselo a Jack—. ¡Aquí tienes! —agregó con una gran sonrisa.

Jack, bufando, cambió su bonita chaqueta de terciopelo y su boina de lana por el abrigo y el gorro viejo de Harry.

—¿Y las botas? —preguntó el niño.

Jack se miró las flamantes botas de cuero y luego clavó los ojos en los zapatos viejos y sucios de Harry.

—Dáselas, Jack. Estos niños necesitan nuestro calzado más que nosotros —dijo Annie.

Ella se quitó sus botas. Colin hizo lo mismo con sus zapatos y se los dio a Annie. Jack resopló otra vez y se sentó para sacarse las botas.

Colin y Harry, con la ropa y las botas nuevas, parecían más altos.

—¿Cómo me veo, Colin? —preguntó Harry, moviendo la cabeza—. En un par de minutos pasamos de pobres a millonarios.

—¡Hurra! —gritó Colin. Después, él y Harry se agarraron del brazo y bailaron una giga, levantando las flamantes botas en el aire. Luego, Harry tocó el timbre sin parar.

La puerta principal se abrió y el ama de casa asomó la cabeza.

—¡Basta, idiotas! ¡Ya voy! —chilló la mujer.

—¡Vámonos, Colin, antes de que estos dos se arrepientan! —sugirió Harry.

Mientras los niños corrían, Jack oyó un tintineo metálico.

—¡Oh, no! —exclamó—. ¡El dinero se quedó en los bolsillos!

—No hay problema —comentó Annie—. Seguro que ellos lo necesitan más que nosotros. Ser millonarios de golpe los hizo tan felices...

—Sí, tienes razón —contestó Jack—. Y nosotros acabamos de pasar de millonarios a pobres.

—¡Cállate! ¡Ahí viene la señora Tibbs! Va a ser mejor que nos pasemos el trapo sucio para que no nos reconozca. —Annie se ensució bien la cara, y luego, ennegreció la de su hermano. —¡Listo! Ya pareces un verdadero deshollinador de chimeneas.

El ama de llaves abrió la puerta.

—¡La próxima vez, no me rompan los tímpanos, truhanes! —se quejó.

Annie y Jack agarraron el cepillo y la escoba y, con la cabeza hacia abajo, se dirigieron a la puerta principal.

—¡Por esa puerta, no, tontos! —gritó la señora Tibbs—. ¡Entren por atrás!

CAPÍTULO CUATRO

¡Largo de aquí!

Jack y Annie caminaron rápidamente hacia la parte trasera de la casa y entraron. Atravesaron un oscuro y pequeño vestíbulo y aparecieron en un amplio pasillo principal. El sol se colaba por los altos ventanales. Allí todo parecía hecho de madera tallada y mármol. Una ancha escalera se curvaba hasta el segundo piso.

—¡A trabajar, rápido! —gritó el ama de casa—. ¡Hagan lo de siempre!

La señora Tibbs se alejó pisando con fuerza, mientras bajaba por la escalera de atrás. Jack, al oír que de abajo venían ruidos de cazuelas, advirtió que allí estaba la cocina. El resto de la casa estaba en silencio, como a la espera del regreso de la madre con sus niños.

—¿Dónde estará el escritorio del señor Dickens? —susurró Annie.

—Él debe de estar trabajando tranquilo en algún lugar —comentó Jack.

De repente, la señora Tibbs apareció en el medio del pasillo central.

—¿Qué les dije? ¡Si no se ponen a trabajar ya, los voy a sacar por las orejas! —Y se retiró.

—Será mejor que nos pongamos a trabajar —sugirió Jack.

—¿Y por dónde empezamos? —preguntó Annie.

—Revisemos las chimeneas de este piso —recomendó Jack.

Muy sigilosamente, entraron en un comedor que daba al jardín. El fuego estaba encendido.

—Esta mujer no pretenderá que deshollinemos esa chimenea —comentó Jack—. A menos que desee que nos quememos vivos.

Annie y Jack volvieron al pasillo principal

y entraron en una habitación llena de libros encuadernados en cuero.

Allí, el fuego de la enorme chimenea estaba apagado, pero el cuarto estaba cálido y bien iluminado. La habitación tenía grandes ventanales, una alfombra multicolor y espejos en los que se reflejaba la luz exterior. Sobre un escritorio había un jarrón con flores frescas.

—Oh, cielos, me encanta esta habitación —dijo Jack, contemplando los libros.

—Sí, y mira… un escritorio con una pluma y papel —agregó Annie—. Seguro que allí trabaja el señor Dickens. ¿Dónde estará él?

—Tal vez descansando —dijo Jack.

—Quizá venga pronto —añadió Annie—. Empecemos a deshollinar la chimenea.

—De acuerdo —contestó Jack—, pero primero tendremos que ver cómo se hace. —Desabrochó la bolsa verde y sacó el libro de consulta. Chequeó el índice y se detuvo donde decía "Deshollinado de chimeneas". Buscó la página y empezó a leer en voz alta:

En la Inglaterra victoriana, los niños pequeños trabajaban como deshollinadores de chimeneas, limpiando el hollín que dejaba el fuego a carbón. Esa tarea era sucia y muy peligrosa.

—Fantástico. —Jack cerró el libro—. Buen trabajo, Annie, gracias a ti, nos quedamos sin ropa y sin dinero a cambio de un trabajo sucio y peligroso.

—No te preocupes —respondió ella—, ya paleamos carbón, lavamos platos y acarreamos bananas con Louis Armstrong... Podemos hacer esto.

—Sí, pero ¿cómo? En el libro no dice nada —comentó Jack.

—Bueno, tenemos cepillo, escoba y trapos —agregó Annie—. Empecemos por usarlos. Recuerda que sólo estamos esperando a Charles Dickens. Después, hablaremos con él y tocaremos nuestra música y...

—Está bien —dijo Jack, guardando el libro.

Los dos se acercaron a la chimenea. Annie se arrodilló y comenzó a cepillar las piedras. Jack alzó la escoba y empezó a limpiarla, quitando el hollín de los ladrillos. El polvo liviano fue cayéndole sobre la cabeza, en los ojos y en la boca.

—¡Oh, no! —susurró, jadeando y soplando con los ojos cerrados. De pronto, sintió que su hermana le tiraba la manga.

—No… —dijo Jack—. Yo…

—¡Silencio! —exclamó Annie—. ¡Aquí está…!

Jack abrió los ojos, llorosos, y vio a un hombre delgado, de estatura baja, parado en el pasillo. Llevaba puesto un abrigo y pantalones oscuros. Mientras leía unos papeles, hablaba entre dientes.

—Señor Dickens —susurró Annie.

Antes de que Jack pudiera decir algo, el hombre se puso a gritar.

—¡Señora Tibbs, no quiero a nadie en mi estudio! ¡Bajo pena de muerte! —Luego, él entró en su estudio y cerró la puerta de un golpe.

"¿Pena de muerte?", pensó Jack. "¡Tiene que estar bromeando!".

Él y Annie se agacharon junto a la chimenea.

El señor Dickens siguió hablando solo, sin notar nada extraño, ni siquiera la bolsa verde de terciopelo que estaba sobre la alfombra. Con los ojos fijos en sus papeles se sentó en su escritorio, enfrente de la ventana. Agarró la pluma, la empapó en tinta y se puso a escribir.

De repente, se paró de un salto y corrió hasta uno de los espejos. Se puso las manos alrededor del cuello y empezó a poner caras horribles, como si alguien estuviera estrangulándolo.

—Ahhh —gritaba.

Después, regresó al escritorio y garabateó unas líneas más. Luego, se detuvo y leyó lo que había escrito.

—¡Bien! ¡Bien! —dijo.

Nuevamente corrió al espejo y comenzó a golpearse la cabeza con los nudillos. Se lo veía furioso.

—¡Bah, bah! —gritaba.

Annie y Jack miraban fascinados.

Una vez más, el señor Dickens volvió a su

mesa de trabajo. Escribió unas líneas y las leyó. Entonces, estrujó el papel y lo tiró al piso. Se cubrió la cara con las manos y empezó a murmurar.

—¡No puedo! ¡No puedo! —Y se quedó inmóvil un largo rato.

—Disculpe, ¿se encuentra bien? —le preguntó Annie con voz suave.

El señor Dickens, boquiabierto, empezó a mirar para todos lados. De repente, sobre la alfombra, vio la bolsa verde de terciopelo.

—¿Qué fue eso? ¿Quién anda ahí? —Al ver a Annie y a Jack, acurrucados detrás de la chimenea, el señor Dickens se paró de un salto.

—¿Deshollinadores? —se quejó—. ¿Qué... qué hacen en mi estudio?

—Perdón, sólo hacíamos nuestro trabajo —explicó Annie.

—No... no puedo tolerar esto —gritó—. Tengo que irme de aquí. —Y salió corriendo de la habitación.

El ama de llaves estaba barriendo el pasillo.

—¿Qué ocurre, señor Dickens? —preguntó ella.

—Por hoy he terminado, señora Tibbs —respondió el señor Dickens—. Hay unos... —agregó señalando su estudio.

De pronto, la señora Tibbs vio a Annie y a Jack.

—¡¿Pero qué hacen ahí?! —chilló—. ¡Señor Dickens, lo lamento! Ellos...

—No se preocupe, voy a salir —comentó el señor Dickens—. Dígale a la señora Dickens que no sé a qué hora regresaré. —Agarró su sombrero y su bastón y salió rápidamente.

—¡Señor Dickens, no se vaya! —lloriqueó el ama de llaves, pero la puerta se cerró de un golpe.

La señora Tibbs se volteó de inmediato y arremetió hacia el estudio.

—¡¿Qué hacen aquí, mocosos maleducados?! —gritó—. ¡Sabían que debían empezar por las habitaciones traseras! ¡No por el estudio del señor! ¡Nunca por ahí! —Y con la escoba empezó a empujar a Annie y a Jack para que se movieran. —¡Largo de aquí!

Jack levantó la bolsa y huyó con su hermana de la señora Tibbs y de su escoba.

Ella los siguió hasta la entrada de hierro.

—¡Pobre señor Dickens! ¡Le arruinaron el día! ¡¿Están contentos ahora?!

—No, no lo estamos —contestó Annie.

—¡Toda Inglaterra espera su próxima historia! —agregó la señora Tibbs, disgustada.

"Oh, cielos", pensó Jack.

La señora Tibbs abrió el portón. Cuando Annie y Jack quisieron salir, ella agarró a Jack de la chaqueta y lo miró de cerca.

—Pero si tú no eres Harry —dijo. Luego, miró a Annie. —¡Y tú no eres Colin! ¡¿Qué hicieron con mis deshollinadores?! —gritó.

—¡Nada! ¡Ellos están bien! —respondió Jack.

—¡Será mejor que no les hayan hecho nada, bribones! —agregó el ama de llaves sacando a los intrusos a la acera.

—¡Están bien! ¡Se lo aseguramos! ¡Perdón! —suplicó Annie.

—¡No hay perdón para todo el daño que han causado hoy! —respondió la señora Tibbs, con los ojos enrojecidos. Luego, con un golpe cerró la puerta.

CAPÍTULO CINCO

¡Alto! ¡Un ladrón!

—¡Cielos! —exclamó Jack—. Esa mujer está loca. Todos lo están, incluyendo el señor Dickens.

—Todo es por mi culpa —dijo Annie.

—No, no te preocupes —contestó Jack—. Sólo tenemos que encontrar al señor Dickens para arreglar las cosas.

—No puede haber ido muy lejos —comentó Annie.

Ella y Jack recorrieron con la mirada la concurrida calle. El sol de la tarde había desaparecido detrás de nubes oscuras.

—¡Mira, ahí está! —dijo Annie, señalando hacia adelante.

Jack vio que, a lo lejos, el señor Dickens se abría paso entre los coches. Con el bastón, le hizo señas a un cochero para que le parara.

—¡Señor Dickens! —gritó Annie, a punto de bajar a la calle, pero Jack la agarró de un brazo. Otro coche que pasaba por allí casi los atropella.

—¡Está yéndose! —dijo Annie.

—Lo sé —contestó Jack—. ¡Pero no queremos que nos atropellen!

—¡Mira! —insistió Annie—. ¡Ahí está el cochero que nos trajo hasta acá! ¡Seguro que está esperándonos!

Justo en la acera de enfrente estaba estacionado el coche rojo tirado por un caballo gordo y pequeño.

—¡Fantástico! —exclamó Jack. Esquivando el tránsito, cruzó la calle. —¡Hola! ¡Hola! —gritó—. ¡Gracias por regresar! ¡Necesitamos que nos lleve a un lugar! Tenemos que seguir a... —empezó a decir Jack mientras se subía.

—¡Lo siento, hoy no hay viajes gratis, niño!

—dijo el cochero—. ¡En casa tengo bocas que alimentar! —Agitó las riendas y el caballo arrancó.

Jack casi se cae sobre la acera.

—¡Espere! ¿No se acuerda de nosotros? ¡Somos los dos jóvenes caballeros de Frog Creek!

Pero el cochero, con el ruido del tránsito, pareció no escuchar nada.

—No nos reconoció —comentó Annie—. Ya no parecemos caballeros. Tenemos la ropa rota y llena de hollín.

—Oh, cielos —exclamó Jack—. Todos nos trataban amablemente cuando íbamos vestidos como ricos. Ahora parece que todo el mundo estuviera en contra de nosotros.

—Lo siento, todo es por mi culpa —insistió Annie.

—Olvídate de eso —dijo Jack—. Tenemos que encontrar al señor Dickens. Ven, busquemos su coche.

Jack agarró su bolsa verde con fuerza y caminó calle abajo. Un poco caminando y otro poco corriendo, los dos pasaron por delante de una larga hilera de tiendas. Mientras buscaban al señor Dickens, por la ventana de una tienda de ropa vieron a unas niñas cosiendo. También vieron a unos niños barriendo basura y lustrando botas. Jack jamás había visto tantos niños con trabajos de adultos.

—Mira, ¿ese no es el señor Dickens, bajando de aquel coche? —dijo Annie, señalando la intersección de dos calles.

Un hombre delgado y de baja estatura, con sombrero de copa y bastón, estaba bajándose de un coche.

—¡Sí! ¡Creo que es él! —dijo Jack—. ¡Apúrate!

Corrieron por la acera esquivando compradores y comerciantes. Cuando llegaron a la intersección, el señor Dickens había vuelto a desaparecer.

—Maldición —exclamó Annie.

—Sigamos buscando —sugirió Jack—. Si no lo encontramos pronto, volveremos a su casa para esperarlo en la puerta.

Mientras ambos tomaban un camino fangoso y concurrido, comenzó a caer una lluvia suave.

Más adelante, fueron encontrándose con tiendas descuidadas y pequeñas casuchas. Y también, con vendedores que ofrecían ropa, sombreros y zapatos de segunda mano. Por todos lados deambulaban montones de niños harapientos.

De repente, Jack vio a un niño corpulento, de aspecto rudo, cerca de un poste de luz, con las manos en los bolsillos. Cuando Jack pasó cerca de él, el niño le echó un vistazo. De pronto, Jack vio que el niño le decía algo a otro niño. De inmediato, ambos empezaron a caminar detrás de Annie y Jack.

—Creo que nos siguen —comentó Jack.

—Camina más rápido —recomendó Annie.

Mientras los dos avanzaban por el camino fangoso, el humo negro de las chimeneas se mezclaba con la llovizna. El aire fue tornándose denso y sucio.

Jack miró hacia atrás. Los dos niños estaban más cerca.

—¡Corre! —dijo Jack.

Los dos escaparon a toda velocidad, pasando

por una carnicería, una panadería y una tabaquería. Jack miró por encima del hombro. ¡Los niños corrían detrás de ellos!

De golpe, Jack patinó en el barro y se cayó al suelo. Antes de que pudiera levantarse, el niño más corpulento lo alcanzó. Le agarró la bolsa de terciopelo y salió corriendo. ¡El violín, el arco y el libro estaban guardados allí!

—¡Socorro! ¡Deténganlo! —gritó Jack—. ¡Se robó mi bolsa!

Se levantó de un salto y salió corriendo detrás del niño corpulento, pero él le pasó la bolsa a otro.

—¡Ese tiene tu bolsa ahora! —vociferó Annie, señalando hacia lo lejos.

Ella y Jack siguieron corriendo detrás del ladrón. Una rabia feroz hizo que Jack corriera más rápido. Logró alcanzar al niño. Forcejeando con él, Jack recuperó su bolsa. Después, volvió corriendo por dónde había llegado. Annie lo siguió.

—¡Alto! ¡Ladrón! —gritó el niño.

Annie y Jack siguieron corriendo bajo la lluvia negra, pasando por delante de las mismas tiendas.

—¡Deténganlo! ¡Un ladrón! —gritaban ahora ambos niños.

"¡Ladrón!", pensó Jack con ira. ¿Por qué lo llamaban así a él?

Rápidamente, más niños se sumaron a los dos que perseguían a Annie y a Jack.

—¡Alto! ¡Un ladrón! —gritó el carnicero.

—¡Alto! ¡Ladrón! —vociferó el panadero.

—¡Deténganlo! ¡Un ladrón! —gritó el vendedor de cigarros.

Incluso perros y ancianas se sumaron a la persecución por las calles enlodadas.

Jack miró por encima del hombro. Los dos niños, un grupo de adultos y unos cuantos perros corrían detrás de él y su hermana.

—¡Alto! ¡Ladrones! —gritaban todos.

—¿Qué hacemos ahora? —preguntó Annie, desesperada.

—No te detengas —contestó Jack, apretando la bolsa contra el pecho, con los ojos fijos en una callejuela que veía más adelante—. ¡Dobla a la derecha, Annie!

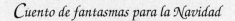

Los dos entraron por la calleja llena de basura: ruedas de carro rotas, platos rajados y cacerolas viejas. El grupo de perseguidores se metió por la callejuela al grito de: "¡Alto! ¡Ladrón!".

Bajo la lluvia negra, Annie y Jack siguieron corriendo por encima de los escombros, desesperados por encontrar un escondite.

Pero se trataba de un callejón sin salida. ¡Estaban atrapados!

Se dieron vuelta; estaban a punto de alcanzarlos. Jack apretó la bolsa con más fuerza.

—¡Déjennos tranquilos! —gritó—. ¡Esta bolsa es mía!

Pero la gente siguió acercándose a ellos. Los dos niños que le habían robado a Jack iban al frente.

—Te atrapamos, ladrón —dijo uno, mirando a Jack con desdén.

—Devuélvenos la bolsa —insistió el otro—, o tendremos que quitártela.

—¡Toca el violín, Jack! —agregó Annie.

"¡Claro!", pensó él. ¡Sólo la magia podía salvarlos! De inmediato, le dio la espalda a todos, pero antes de que pudiera abrir la bolsa alguien lo agarró del cuello de la camisa. Jack alzó la vista.

Un hombre alto y fornido de uniforme azul lo miraba fijo desde lo alto.

—Dame la bolsa, niño —dijo el policía, con la mano extendida.

CAPÍTULO SEIS

A prisión

Jack le dio su bolsa al policía.

—¡Pero es mía, señor! —trató de explicar—. ¡Se lo aseguro!

—¡No, es mía! —dijo el niño que había robado la bolsa—. Era de mi querido padre.

—¡No es tuya! —insistió Jack, furioso.

—¡Sí, lo es! —gritó el niño—. ¡Llévelo a prisión, oficial!

—¡Un paso atrás! —le gritó el policía al niño—. No te preocupes, lo arrestaré. ¡Pero quizá a ti también!

—¿Arrestarme? —repitió Jack.

—Pero, señor, es nuestra bolsa —dijo Annie—. Esos dos niños nos la robaron. Mi hermano sólo la rescató...

—¡Silencio! —contestó el policía—. Alguien la robó... si fue él o él o tal vez tú, ya lo sabremos.

—Yo puedo decirle lo que hay en la bolsa —agregó Jack—. Puedo probarlo...

—¡Basta! Podrás explicárselo al inspector jefe de Scotland Yard —respondió el policía—. ¡A un lado! ¡Despejen el camino! —le dijo a la multitud curiosa.

Mientras la gente abría paso, Jack vio que el niño corpulento y su amigo huían por el callejón.

—¡Se escapan, señor! —alertó.

Pero el oficial ignoró a Jack.

—Andando —ordenó.

Annie agarró a su hermano de la mano.

—Lo siento —dijo ella, a punto de llorar—. Lo lamento tanto, yo tuve la idea de intercambiar nuestra elegante ropa.

—¡No digas eso! Tú no sabías que esto iba

a pasar —contestó Jack. No estaba enojado con Annie, sino con los que habían tratado de robarle la bolsa. ¡Y estaba furioso con Merlín, Teddy y Kathleen! ¿Por qué los habían mandado a un lugar tan terrible? Ya no quería ayudar al loco del señor Dickens. Sólo deseaba regresar a Frog Creek.

—¡Por aquí! —ordenó el policía, dándole a Jack un pequeño empujón. Annie y Jack, bajo el sofocante humo de carbón y la lluvia sucia, salieron del callejón hacia una calle más ancha.

—¡A la izquierda! —gritó el policía.

Annie y Jack doblaron, escudriñados por la creciente multitud. Jack caminaba cabizbajo, para evitar la mirada de los chismosos.

—¡Hola! —gritó Annie, de repente—. ¡Somos nosotros! ¿Nos recuerda?

Jack levantó la cabeza. ¿A quién llamaba su hermana?

Al otro lado de la calle, estaba parado el señor Dickens.

—¡Somos nosotros! —gritó Annie de nuevo—. ¡Los deshollinadores! ¿No se acuerda de nosotros?

¡Estuvimos en su estudio!

El señor Dickens frunció el ceño. Sin embargo, comenzó a caminar entre la gente.

—¡Ayúdenos! —gritó Annie—. ¡Por favor!

—¡Silencio, niño! —vociferó el policía, dirigiéndose a Annie.

El señor Dickens, rápidamente, fue avanzando entre la multitud, hacia Jack y Annie.

—¡Disculpe, oficial! —dijo.

El policía se detuvo y miró de reojo al hombre delgado y bien vestido.

—¿Señor Dickens? ¿Charles Dickens? —preguntó el oficial, asombrado.

La gente, azorada, comenzó a susurrar.

—¡Es él! ¡Charles Dickens, el escritor! —afirmó el panadero.

—Sí, soy yo —respondió el señor Dickens—. Conozco a estos niños, son deshollinadores. ¿Cuál es el problema, oficial?

—El niño robó esta bolsa, señor. —El policía alzó la bolsa verde de terciopelo.

—¿Cuándo? ¿En qué momento la robó?

—preguntó el señor Dickens.

—Justo ahora, señor, lo atrapé cuando trataba de fugarse con la bolsa —explicó el oficial.

—Bueno, me temo que está equivocado, oficial —dijo el señor Dickens—. Estos niños estuvieron trabajando en mi casa hoy y tenían esa bolsa verde.

—Ah, ¿sí? —contestó el policía mirando a Jack.

—Este muchacho es inocente —afirmó el señor Dickens. Luego, miró a la gente. —¿Han visto lo que acaba de suceder aquí? Si yo no hubiera aparecido, la corte habría mandado a este niño a prisión por varios años. ¿Y por qué? Porque tiene hollín en la cara y agujeros en los zapatos. ¿Saben cómo se ensució este niño? ¡Les pregunto a todos!

Nadie respondió.

—Se lo diré yo —continuó el señor Dickens—. ¡Se ensució trabajando honradamente! ¿Y ahora todos quieren llevarlo a prisión?

El carnicero, el panadero y el vendedor de tabaco bajaron la cabeza. También el policía estaba avergonzado.

—Señor Dickens, perdóneme. Liberaré a este

niño de inmediato —dijo.

—Sí, oficial, hágalo ya. Devuélvale la bolsa y, la próxima vez, asegúrese de no arrestar a otro niño sólo porque es pobre y está mal vestido —concluyó

el señor Dickens.

El policía le devolvió la bolsa de terciopelo a Jack.

—Toma, niño —dijo—. Que tengas suerte en la vida. Que Dios te bendiga. Y a usted también, señor

Dickens. Le deseo buen día.

—Gracias, oficial. Y una última palabra a todos... —agregó el señor Dickens, mirando a la gente—: Recuerden, el bien puede vestirse tanto con harapos, como con seda y terciopelo.

Todos se quedaron en silencio. Luego, algunos empezaron a aplaudir.

El señor Dickens, agradecido, inclinó el sombrero. Puso las manos sobre los hombros de Annie y Jack.

—Vengan, jovencitos, yo los acompañaré un rato para que nadie vuelva a molestarlos —dijo.

—Gracias —respondió Jack, con la voz quebrada.

El señor Dickens llevó a Annie y a Jack lejos de la multitud.

—Gracias por ayudarnos —dijo Annie—. Lamentamos mucho haber arruinado su trabajo de hoy. No era nuestra intención.

—Oh, no, nada de eso. Hoy ustedes dos me recordaron a todos los niños que deshollinan nuestras chimeneas y trabajan en nuestras minas y fábricas. Ustedes sufren... —concluyó el señor Dickens bajando la cabeza. Luego, trató de sonreír—. Perdónenme, niños, no es necesario que les recuerde la dureza de su vida. Cuéntenme un poco acerca de ustedes.

—Bueno, en primer lugar, yo no soy un niño —confesó Annie—. Soy una niña, mi nombre es Annie. —Se quitó la gorra y las trenzas le colgaron sobre los hombros.

El señor Dickens abrió los ojos asombrado.

—¿Cómo? Me has dejado mudo —balbuceó.

—Perdón, señor Dickens, pero es la verdad —agregó Annie, encogiéndose de hombros.

—Bueno... bueno, Annie. ¡Encantado de conocerte! —dijo el señor Dickens. Después miró a Jack. —¿Y tú también eres una niña disfrazada?

—¡No! —respondió Jack—. Soy el hermano de Annie, Jack.

—Bien, así que, Annie y Jack. ¡Entonces, sólo llámenme Charles!

—Gracias, Charles —contestó Annie.

—Ahora cuéntenme bien qué pasó con la Policía

y toda esa gente —comentó Charles.

—Explícale, Jack —dijo Annie.

—No, cuéntale tú —agregó él, aún muy molesto para hablar del tema.

—Bien, yo te contaré, Charles —continuó Annie.

Mientras ella relataba el robo de la bolsa, Charles escuchaba atentamente, enarcando las cejas, asintiendo con la cabeza y gesticulando con la boca. Parecía sentir en carne propia cada palabra descrita por Annie.

Hasta que, finalmente, ella concluyó con su explicación.

—Y después, apareciste tú y el resto... ya lo sabes —dijo Annie.

—¡Notable! —exclamó Charles.

—Lo fue —agregó Jack con amargura.

—Digo que es notable, ¡porque es justo lo que sucede en una escena de mi libro, Oliver Twist! —comentó Charles—. A él lo acusan erróneamente de meterle la mano en el bolsillo a un anciano. Y los verdaderos ladrones son los que inician la persecución gritando: "¡Deténganlo!" "¡Es un ladrón!".

—¿De verdad? —preguntó Jack.

—¿Es cierto lo que dices? —preguntó Annie—. ¿Eso es lo que pasa en tu libro?

—Así es —respondió Charles.

—Genial —agregó Jack, con una sonrisa débil.

—¿No te sientes mejor ahora? —le preguntó Annie a su hermano.

—Sí, la verdad, sí —contestó él—. En realidad, siento que no estoy solo.

—¡Bien! —exclamó Charles—. Ahora, díganme, Annie y Jack, ¿tienen hambre?

Los dos asintieron con la cabeza de inmediato.

—¡Por supuesto que sí! —afirmó Charles—. Imagino que en muchos días sólo han comido gachas. ¡Permítanme invitarlos a una comida que jamás olvidarán! ¡Bife con salsa! ¡Pastel de cerdo! ¡Mermelada de grosella! ¡Vengan, cenaremos como reyes! —Luego, miró a Annie. —Y tú, ¡como una reina! —agregó, guiñando el ojo.

CAPÍTULO SIETE

¡Bah, pamplinas!

Caía la noche mientras Charles caminaba por la calle con Annie y Jack hacia una vieja taberna. Al llegar, desde afuera vieron las velas titilando a través de las ventanas de cristal. Annie y Jack entraron, detrás de Charles, al cálido salón comedor. Los techos eran bajos con vigas oscuras de madera. En un extremo, ardía el fuego en una inmensa chimenea.

—¡Ah, señor Dickens, bienvenido! ¡Muy bienvenido! —dijo un hombre de ojos pequeños y nariz puntiaguda, inclinándose ante su cliente mientras se restregaba las manos.

—Gracias, señor Pinch —dijo Charles.

—¿Qué lo trae a mi humilde taberna? —preguntó el hombre.

—Cenaré con dos amigos —contestó Charles.

El tabernero miró a Annie y a Jack y, al reparar en la ropa sucia y harapienta de los niños, frunció el ceño.

—¿Estos son sus amigos, señor Dickens? —preguntó el tabernero arrugando la nariz como si hubiera mal olor.

—Sí, estos niños son muy trabajadores —explicó Charles—. Y están bastante hambrientos.

—Ya veo... —El señor Pinch, preocupado, observó el salón—. Bueno, ¿qué le parece si los ubico en esa esquina?

—Sí, señor Pinch, está muy bien —contestó Charles.

El tabernero los llevó hasta la mesa. Un camarero les trajo cubiertos y encendió una vela. Algunos de los comensales notaron la presencia de Charles Dickens y empezaron a murmurar.

Una pareja elegantemente vestida se acercó a la mesa del escritor.

—Disculpe, señor Dickens —dijo la mujer, con timidez—, quiero decirle que mi esposo y yo adoramos sus cuentos.

—¡Ah, muchas gracias! —respondió Charles, con una gran sonrisa—. Díganme, ¿qué es lo que más disfrutan de ellos?

Mientras la pareja hablaba acerca de las escenas de sus libros favoritos, más y más gente fue acercándose a la mesa del escritor.

A la vez, los camareros empezaron a acercarse con platos repletos de comida: manzanas asadas, patas de pavo, pastel de carne, puré de papas, pan negro, queso, mermelada y tazas de té. Annie y Jack se dispusieron a cenar. Mientras Jack devoraba su puré de papa, notó que Charles ni había tocado la comida. Estaba muy ocupado conversando con sus admiradores.

"En Londres, todos adoran a Charles", pensó Jack. "¿Para qué nos habrá mandado Merlín a esta ciudad?".

Hasta el momento, era Charles quien venía ayudando a Annie y a Jack. Ellos no habían hecho absolutamente nada por él.

—Jack, mira —susurró Annie, señalando una ventana.

Un hombre, apoyado en muletas, y un niño pequeño miraban a través del cristal. Las velas les iluminaban la cara. Ambos se veían flacos y tristes.

—Están mirando a Charles —balbuceó Jack, con la boca llena de puré.

—No, creo que miran nuestra comida —comentó Annie.

Mientras Charles hablaba con la gente, Annie agarró una pata de pavo, dos trozos de pan y un pedazo de queso de su plato. Envolvió todo en una servilleta y se escabulló entre las mesas hasta la entrada.

De repente, el señor Pinch salió corriendo.

—¡Ven para acá, mocosa! ¿Adónde vas con eso? —gritó, con voz aguda.

"¡Oh, no, otra vez, no!", pensó Jack. Al instante, se paró y corrió hacia la puerta. Se le adelantó al señor Pinch y salió al frío de la noche.

Annie estaba parada junto al niño y al hombre de las muletas.

—¡No te atrevas a darles eso! —gritó el señor Pinch, desde la puerta.

—¿Por qué? —preguntó Jack—. Ella no ha robado nada. Sólo les está dando un poco de su cena.

—¿Qué está sucediendo aquí? —preguntó Charles, saliendo de golpe.

El niño agarró la servilleta llena de comida que le dio Annie.

—Gracias —dijo en voz baja. Luego, él y el hombre se alejaron. La muleta del hombre golpeaba el pavimento rítmicamente.

—¡Eso...! ¡Váyanse de aquí! —gritó el señor Pinch—. ¡No quiero a ningún ratón muerto de hambre mendigando en mi taberna! ¡Y tú, mocosa, no tenías derecho a hacer lo que hiciste!

—Señor Pinch, por lo que he observado, mi joven amiga sólo mostró un poco de compasión —comentó Charles.

—¡Bah! ¡Tonterías! —contestó el señor Pinch—. ¡Ahora se correrá el rumor de que regalo comida!

—¿Y qué daño estaría causando con eso? —le preguntó Charles al tabernero—. Usted es rico y puede compartir un poco de lo que tiene con los menos afortunados.

—¡Bah, pamplinas! —insistió el señor Pinch—. ¿Acaso no hay hospicios que les dan de comer a los pobres? ¿Asilos para pobres? ¡Que coman en la prisión para deudores! ¡El padre debería poner a su hijo a trabajar! ¡Hay un montón de fábricas que querrían contratarlo!

Charles enmudeció ante la avaricia del tabernero.

—¿Charles? —dijo Annie.

Jack no sabía qué le ocurría al señor Dickens, pero notó que debía llevárselo lejos del miserable señor Pinch.

—Vámonos de aquí —agregó, tirándole de la manga a Charles.

Él miró a Jack.

—Sí... sí... —respondió, como ausente—.

Tenemos que irnos.

—Esperen un segundo —dijo Jack, de repente. Y entró en la posada para agarrar su bolsa. Mientras salía, advirtió que todos estaban en sus mesas, cenando y conversando, como si nada hubiera pasado afuera.

—Ya podemos irnos —dijo, una vez en la acera.

—¿Señor Dickens? ¡Por favor! —gimoteó el tabernero—. ¿Podría pagarme antes de retirarse?

—Sí, sí... por supuesto. —Charles sacó la billetera y pagó la cuenta.

—¿Me entiende, no, señor? —agregó el señor Pinch—. ¡Mi trabajo no es alimentar a toda Inglaterra!

—No, claro que no —respondió Charles y se marchó de la posada. Annie y Jack lo siguieron.

Ya estaba más oscuro y hacía más frío. Un manto de niebla marrón cubría las calles. Un hombre hacía su trabajo encendiendo las lámparas de la ciudad.

—¿Te encuentras bien, Charles? —preguntó Annie.

Él casi ni contestó.

—Ah... sí... ¿pudieron terminar de comer, niños? —preguntó.

—Sí, gracias —contestó Annie—. Estamos satisfechos, ¿tú estás bien?

—¿Yo...? —Charles lanzó un suspiro tembloroso. —Disculpen, pero... tengo que dejarlos —dijo, sacando la billetera—. Tomen, quédense con esto. Quiero que se compren botas y que coman bien, al menos por una semana. Lamento tener que irme, pero no tengo otra opción. —Las manos le temblaban.

—No, no podemos aceptar... —contestó Jack.

—Insisto... —añadió Charles, dándole la billetera a Jack—. Gracias por su compañía y que Dios los bendiga. —Charles Dickens empezó a caminar y desapareció en la niebla.

CAPÍTULO OCHO

Una historia cruel

—¿Qué crees que le pasa a Charles? —preguntó Annie.

—No lo sé —contestó Jack, guardando la billetera en la bolsa—. Pero, hasta ahora, nuestra misión ha sido un desastre.

—Pero ahora no podemos abandonar todo —agregó Annie—. Sigámoslo.

Annie y Jack caminaron detrás de Charles por la calle vacía y silenciosa, como si ante la densa niebla y la llovizna pesada todos hubieran elegido quedarse adentro.

Apenas habían caminado unas cuadras cuando

Charles se dio cuenta de que ellos lo seguían.

—Niños, ¿qué sucede? ¡Por favor! —suplicó—. ¡Déjenme! ¡Tengo que estar solo!

Annie y Jack contemplaron a Charles hasta que se lo tragó la niebla.

—Tendríamos que regresar —propuso Jack—. Podríamos buscar el camino a su casa y esperarlo allí.

—Algo me dice que, por ahora, no va para allá —comentó Annie—. Siento que ahora sí necesita nuestra ayuda.

—De acuerdo —añadió Jack—. Sigámoslo, pero a una distancia lógica, para que no nos vea.

Mientras avanzaban en medio de la niebla, Annie y Jack oían el sonido del bastón de Charles contra el adoquinado. Siguieron adelante guiándose por este sonido mientras bajaban por una calle sucia.

Bajo la luz de las lámparas de gas, Jack veía basura en las alcantarillas: hojas de col, pan viejo, pescado podrido. El miserable barrio lo aterrorizaba. Sin embargo, él y Annie no se detuvieron. Los pasos de Charles los guiaban.

De repente, los sonidos cesaron.

—Espera —susurró Jack.

Ambos se quedaron inmóviles. La niebla no dejaba que vieran a Charles, pero sí podían oír que estaba llorando.

—¡Oh, no! —susurró Annie.

Ella y Jack se acercaron. Charles lloraba con la cabeza apoyada en un brazo, sentado al pie de una loma.

—¿Charles? —llamó Annie, acercándose—. ¿Estás bien? —Luego, se sentó junto a él.

Jack se sentó del otro lado de Charles.

—¿Quieres contarnos qué sucede? —preguntó.

Charles levantó la cabeza.

—Lo siento, jamás se lo he contado a nadie —contestó—. Ni siquiera a mi esposa ni a mi amigo más cercano.

—Confía en nosotros —agregó Jack.

Charles miró a Jack y luego a Annie. Se puso de pie y les hizo un gesto para que lo siguieran. Después, señaló a través de la niebla.

—Allí había una fábrica de betún para zapatos.

Era un edificio viejo, en ruinas, lleno de ratas. Cuando yo tenía doce años trabajaba ahí. Me sentaba a una mesa para pegar etiquetas en los potes de betún. Trabajaba once horas diarias, seis días a la semana y ni siquiera me alcanzaba para comer.

—¿Sólo tenías doce años? —preguntó Jack.

—Sí, y vivía solo. Había perdido todo: a mi familia, mi escuela, mi dignidad —explicó Charles.

—¿Eras huérfano? —preguntó Annie.

—No, tenía a mis padres —respondió Charles.

—¿Por qué te hacían trabajar en semejante lugar? —preguntó Jack.

—Mi padre comenzó a pasar por momentos difíciles —continuó Charles—. Era un hombre bueno, pero no podía pagar las cuentas, así que fue enviado a la prisión para deudores. Mi madre decidió ir a vivir con él.

—¡Qué historia tan cruel! —comentó Annie.

—Espera un minuto —dijo Jack—. ¿Quieres decir que tu padre fue a prisión porque no podía pagar las cuentas?

—Sí —respondió Charles.

—Eso no tiene sentido —agregó Jack—. ¿Cómo iba a ganar dinero para pagar deudas si estaba preso?

—Muy buena pregunta —añadió Charles.

—Eso ya no sucede más —comentó Jack, pensando en Frog Creek.

—Oh, sí, aún sí —afirmó Charles—. La vida sigue siendo miserable para miles de personas en la pobreza. Muchos niños trabajan en fábricas por peniques, mientras que sus padres viven en la prisión y en asilos para pobres.

—Pero, al menos para ti, las cosas son diferentes ahora —comentó Annie—. Eres un escritor famoso, eso debería hacerte sentir mejor.

—¿Y cómo…? —preguntó Charles—. ¿Qué tiene de especial escribir? No es más que tinta sobre un papel. Sin embargo, no hay comida para los que tienen hambre. No hay medicinas para los enfermos. Últimamente, he estado pensando en abandonar mi trabajo para siempre.

—Oh, no —exclamó Jack—. No puedes hacer eso.

—Lo que hago es tan inútil y egoísta... —comentó Charles.

—Pero... —exclamó Jack.

—No —respondió Charles, suspirando con tristeza—. Ya lo he decidido, no volveré a escribir nunca más.

—Charles, pero y… —empezó a decir Annie.

—Sean buenos, niños, déjenme… —rogó Charles—. Necesito estar solo, mi corazón está muriendo dentro de mí.

—Oh, está bien… —dijo Annie. Ella y Jack se pusieron de pie. —Adiós, Charles…

Jack tenía un nudo en la garganta, quería desearle buena suerte a Charles. Aunque, realmente, no había más que decir. Charles, desesperado, se cubrió la cara con las manos. Annie y Jack se alejaron.

—No podemos dejarlo así —dijo Jack.

—Lo sé… Entonces, quedémonos por acá —sugirió Annie.

Se sentaron en unos escalones y desde allí contemplaban la figura solitaria, al pie de la loma.

—Ahora sé porqué Merlín nos envió —comentó Jack—. Pero… la verdad, parece algo imposible.

—Mira el libro —dijo Annie—. Necesitamos ayuda.

Jack sacó el libro de la bolsa. Volvió a la página de Charles Dickens y empezó a leer:

Charles Dickens, nacido en Inglaterra en el año 1812, es uno de los escritores más famosos de todos los tiempos. Escribió muchas novelas, entre las más conocidas se encuentran *Oliver Twist, Cuento de Navidad* y…

—Espera, espera —interrumpió Annie—. *¿Cuento de Navidad?* ¿Esa no fue la obra que vimos con mamá, papá y la abuela el año pasado?

—Sí —contestó Jack—, la vimos en Nochebuena. Oh, cielos, ya sé por qué me resulta familiar el nombre de Charles Dickens.

—Mira, aquí hay una foto de Scrooge, el malvado de la obra —comentó Annie, señalando un dibujo de un hombre con gorro de dormir y una vela.

Jack leyó lo que decía al pie de la foto:

Cuento de Navidad ha sido representado una y otra vez, en teatro, cine y televisión. Y aún hoy, este relato sigue inspirando a la gente a ser más amable y generosa con los demás.

—Vaya, ¿recuerdas a los tres fantasmas que visitan al señor Scrooge? —preguntó Jack—. El Fantasma de la Navidad Pasada, el Fantasma de la Navidad Presente y el Fantasma de la Navidad Futura.

—Exacto, ellos tratan de hacerlo cambiar

mostrándole su pasado, presente y futuro —agregó Annie—. Al final de la historia, él es una persona distinta. ¡No puedo creer que Charles haya escrito esta historia!

—Bueno, ahora parece que no lo hará —añadió Jack—. Acaba de decir que jamás volverá a escribir. Dijo que su corazón estaba muriendo.

Annie se puso de pie y se sacudió la ropa.

—Vamos, saca el violín y el arco —dijo con decisión.

—¡Oh, ya había olvidado el tema de la magia! —comentó Jack.

—Yo también, hasta ahora… —agregó Annie—. Vamos, saca el violín. Inventaré una canción.

—¿Qué tipo de canción? —preguntó Jack.

—Haré mi propia versión de *Cuento de Navidad* —respondió Annie—, pero no será acerca de Scrooge. La historia girará en torno a Charles; una historia de fantasmas con Charles Dickens como personaje principal.

CAPÍTULO NUEVE

Los tres fantasmas

—¿Una historia de fantasmas? —preguntó Jack—. ¿Quieres decir que los haremos aparecer?

—Sí —respondió Annie.

—Mm… no me parece… —dijo Jack. Los fantasmas lo ponían nervioso.

—Te prometo que funcionará —dijo Annie.

—Pero no entiendo —agregó Jack—. Una historia de fantasmas… ¿Cómo haremos para que Charles cambie con eso?

—Nosotros no lo haremos. Los fantasmas se encargarán de eso, de la misma forma en que cambiaron a Scrooge —comentó Annie—. Nuestro trabajo será hacer aparecer a los fantasmas correctos.

—Pero… —empezó a decir Jack.

—Es magia, Jack —contestó Annie—. Tenemos que confiar en ella.

—Pero Charles ni siquiera quiere vernos por acá —insistió Jack.

—Es cierto, pero no tiene por qué saber que estamos aquí —dijo Annie—. Quizá crea que todo está en su cabeza. Tiene una gran imaginación, lo sabes. Vamos, antes de que se vaya.

—Está bien —contestó Jack—, pero ojalá que no le dé un ataque al corazón. —Abrió la bolsa de terciopelo y sacó el instrumento mágico.

Colocó el arco contra las cuerdas del violín y comenzó a deslizarlo lentamente. Al principio, la música era suave, pero al sonar con más fuerza parecía venir de todos lados al mismo tiempo.

Charles levantó la cabeza.

Annie empezó a cantar con voz suave y susurrante:

Fantasmas, vengan los tres
en un ensueño, en remolino
ayuden a nuestro amigo,
dar sus dones es su destino.

Las lámparas de la calle titilaron de golpe y se apagaron. Un resplandor brumoso envolvió a Charles. Él se paró de inmediato y miró a su alrededor. Poco a poco, una figura fantasmal fue tomando forma.

Jack siguió tocando; el corazón le latía.

De repente, Charles gritó y retrocedió.

El fantasma parecía un niño y, a la vez, un anciano. Tenía cabello blanco y largo, pero ninguna arruga en la cara. Llevaba puesta una túnica blanca con un cinturón plateado y, en la mano, tenía una rama de muérdago.

Annie se puso a cantar:

No tengas miedo, Charles,
ponte derecho, bien plantado.
Él ha venido a mostrarte
una Navidad del Pasado.

El fantasma saludó con la mano y en el centro del resplandor, lentamente, apareció un niño frágil y pequeño, sentado sobre una pila de harapos.

—¿Quién eres? ¿Por qué me muestras a este pobre niño? —gritó Charles.

De pronto, el niño se puso de pie. Tenía ojos grandes y pelo castaño, ondulado.

—¡Santo cielo! —exclamó—. Ese… ¿ese soy yo?

El niño buscó entre los harapos y sacó un libro. En la tapa, se veía una alfombra voladora. Luego, el pequeño abrió el libro y sonrió.

—¡Recuerdo ese libro! ¡Soy yo! —gritó Charles—. ¡Adoraba leer *Las mil y una noches*! ¡Sentía que era yo quien volaba en esa alfombra mágica! Los libros me daban esperanza cuando la perdía. Pero ¿por qué me muestran esto ahora?

El fantasma no respondió. Sólo alzó la pálida mano para despedirse.

—¡Espera! —gritó Charles.

Pero el fantasma desapareció entre la bruma. Y con él, la imagen de Charles Dickens niño.

El resplandor seguía alrededor de Charles. Con el violín, Jack fue tocando tonos cada vez más intensos. Annie continuó cantando:

Ven a Charles,
segundo fantasma.
Ha llegado tu hora
de ser dueño de casa.

El resplandor, ahora de color rosado, giró y giró como un pequeño ciclón. El embudo de vapor fue creciendo hasta que, del medio, emergió un gigante vestido de verde. Tenía una barba marrón tupida, y llevaba puesta una corona de carámbanos. En la mano tenía una antorcha encendida.

—¿Quién eres? ¿Qué quieres de mí? —exclamó Charles.

El fantasma señaló a través de la neblina y bramó:

¿Dices que no escribirás
ningún libro, nunca más?
¡Deja de llorar, hombre,
mira bien lo que harás!

Charles contempló las imágenes humanas que fue dibujando la neblina: una pareja victoriana en una tienda de libros.

—¡Compraré el último libro de Charles Dickens! ¡Me encanta este escritor!

—¡Lo sé, querida! ¡A mí también!

La pareja rio con felicidad y, junto a ella, apareció otra escena: una maestra parada enfrente de sus alumnos.

—¿Qué aprendimos hoy del libro de Charles Dickens? —preguntó ella.

—¡Que debemos ser más amables y generosos! —respondió una niña pequeña.

—¡Sí! —gritó la clase entera.

Mientras los niños reían, otra escena tomó forma: ¡la Reina Victoria sentada en el trono!

—Sostengo que... —empezó a decirle a su camarera—, el libro *Oliver Twist* es sumamente interesante. Pobre Oliver, yo ignoraba que los niños de nuestro reino llevaban vidas tan espantosas.

La reina se esfumó. Y detrás de ella, la pareja, la maestra y también los niños. Todos desaparecieron excepto el gigantesco fantasma.

—Todos hablaron de mis libros —dijo Charles, maravillado.

El gigante hizo resonar su voz:

Escribir no es especial;
sólo tinta sobre un papel.
¡Una tarea tonta y egoísta!
¿No es lo que dijiste ayer?

—¡Sí! ¡No! Sí, pero… —balbuceó Charles.

El fantasma, entristecido, sacudió la cabeza. Después, él también desapareció entre la neblina.

Annie continuó cantando:

Ponte a pensar en todo:
los fantasmas dieron su mensaje.
Aún falta uno, no desesperes.
Ten fuerza, Charles, ten coraje.

El resplandor rosado se transformó en una escalofriante luz plateada. Después, de una sombra oscura apareció, silenciosamente, un tercer fantasma. Llevaba puesta una capa negra y una capucha le cubría la cabeza.

Charles alzó el bastón para protegerse. Jack tembló de miedo, pero continuó tocando el violín.

El fantasma voló hacia Charles, muy lentamente.

—¿Quién eres? ¿Qué quieres de mí? —gritó Charles.

Junto al fantasma apareció una nueva imagen: un grupo de gente parada en un cementerio. Una mujer

joven, desconsolada, lloraba junto a una tumba.

—¿Por qué… por qué tengo que ver algo tan triste? —preguntó Charles.

El fantasma asomó un dedo y señaló la tumba.

Charles bajó el bastón y se acercó. Le echó un vistazo a la lápida.

—¡Es mi nombre! —dijo, aterrado—. ¡Mi nombre está en esa lápida!

—Pobre papá —dijo la joven mujer—. ¡Qué tristeza que dejara de escribir tan joven! ¡Podría habernos dejado tantas palabras bonitas! ¡Tantos personajes maravillosos nos habrían regalado sus cuentos! Si tan sólo nos hubiera dejado más historias, hoy él estaría vivo en los corazones de todo el mundo. La mujer rompió en llanto.

—¡Basta! ¡Suficiente! —sollozó Charles—. ¡No puedo soportarlo!

La imagen empezó a diluirse.

—¡Espera! —le gritó Charles al fantasma—. ¡He cambiado de idea! ¡Dile que seguiré escribiendo! ¡Espera!

Pero el fantasma, la mujer y todos los demás habían desaparecido en la bruma. Charles Dickens se quedó solo bajo la fría luz plateada.

Jack tocó una nota larga y grave en el violín mágico.

Después, todo quedó en silencio.

CAPÍTULO DIEZ

Cuento de Navidad

Las lámparas de gas de la calle volvieron a encenderse. Charles comenzó a caminar de un lado al otro.

—Ven, Jack —dijo Annie—. ¡Vayamos a hablar con él! ¡Rápido!

Jack guardó el violín y el arco y bajó rápidamente por la loma, con su hermana.

—¡Charles! —gritó Annie—. ¡Hola!

Él se dio vuelta de inmediato.

—¡Annie, Jack, no van a creer lo que acaba de suceder! —dijo Charles, con la voz temblorosa—. ¡Tuve las más extrañas visiones! ¡Se me aparecieron tres fantasmas! ¡Me mostraron a mí mismo en el pasado, presente y futuro!

—¿De verdad? —preguntó Annie—. Eso me recuerda la escena de un libro.

—¡Sí, sí, de hecho es así! —confirmó Charles, riendo y restregándose los ojos—. Los fantasmas me convencieron; debo seguir escribiendo. Me enseñaron que con mis libros puedo ayudar al mundo de verdad. ¡Tengo… tengo que irme a casa! ¡Tomaré un coche y me pondré a trabajar enseguida! ¡No quiero perder ni una hora! ¡Ni un minuto! ¡Tengo que escribir! ¡Me encanta hacerlo! —Charles rio lleno de dicha.

—Bueno, creo que nosotros también nos iremos a casa —comentó Jack, sonriente—. Aquí ya cumplimos con nuestra tarea.

—¿A dónde le digo al cochero que los lleve? —preguntó Charles.

—Tenemos que ir a Hyde Park —contestó Annie.

—¡Maravilloso! ¡Nos queda de paso! ¡Vengan! —dijo Charles. Y subió corriendo por la colina, delante de Annie y Jack. Cuando lograron alcanzarlo, ya venía un coche hacia él.

—¡Señor, deténgase! ¡Llévenos, por favor! —le grító Charles al cochero.

El hombre detuvo el caballo. Annie y Jack subieron detrás de Charles.

—¡A Hyde Park! ¡Y de allí, al número 1 de Devonshire Terrace! ¡Rápido! —agregó Charles.

—Sí, señor Dickens —contestó el cochero, fascinado.

Los tres se acomodaron en el coche y el caballo reanudó la marcha por la ciudad oscura y neblinosa. Los cascos del animal resonaban sobre el piso.

—¡Ah…! ¡Ya sé acerca de qué escribiré! —comentó Charles, con gran entusiasmo—. Escribiré una historia de Navidad acerca de un hombre que cambia su vida a partir de tres visitas: ¡la del Fantasma de la Navidad Pasada, de la Navidad Presente y de la Navidad Futura! ¿Qué les parece?

—Es brillante —respondió Jack.

—¡De acuerdo! —agregó Charles—. Escribiré acerca de un hombre codicioso y egoísta que jamás ayuda a nadie. ¡Como… el señor Pinch! ¡¿Pero qué nombre le pondré?!

—¿Qué te parece si lo llamas Scrooge? —sugirió Annie.

—¡Maravilloso nombre! —contestó Charles, riendo—. ¡Señor Scrooge! Me encanta. ¡Los tres fantasmas le cambiarán la vida! ¿Les agrada la idea?

—Me encanta —respondió Jack.

—¡Bien! —agregó Charles—. Espero terminar la historia a tiempo para la Navidad. ¡Ah! Tal vez la llame "Una historia de fantasmas en Navidad".

—Mm… o tal vez sólo… *Cuento de Navidad* —sugirió Jack.

—¡Oh! ¡Fantástico! —dijo Charles—. Sí, creo que le pondré ese título, *Cuento de Navidad*. Y más abajo, escribiré: ¡Una historia de fantasmas!

—Me parece excelente —dijo Annie.

—Eso hará que la gente desee leerla —añadió Charles—. Todos adoran los cuentos de fantasmas, ¿o no?

—Bueno… —empezó a decir Jack.

—¡Por supuesto que sí! —agregó Charles—. Ahora todo tiene sentido para mí. Con mis libros combatiré la codicia y la crueldad. Mi pluma será mi espada. Mis cuentos jamás apoyarán la guerra ni la violencia. En ellos plasmaré la pena y la alegría de la gente real. Y demostraré cómo el bien siempre triunfa sobre el mal.

—Maravilloso —dijo Jack.

Charles, sonriente, se recostó en el asiento. Los ojos le brillaban con la luz de la calle.

—Me siento liviano como una pluma, feliz como un ángel. Soy el hombre más afortunado del mundo.

—Es posible que lo seas —contestó Annie.

El caballo se detuvo.

—Hyde Park, señor Dickens —dijo el cochero.

—Bueno, Annie, Jack, espero que lo hayan pasado bien. Confío en que en algo los he ayudado —comentó Charles, satisfecho y orgulloso de sí mismo. Por fin, había vuelto a ser el de siempre.

Jack estaba satisfecho. Un Charles feliz era mucho mejor que uno triste.

—Sí, lo pasamos muy bien —contestó Jack—. Pero queremos devolverte esto. —Y sacó la billetera de cuero que Charles les había dado. —Gracias, no la necesitamos.

—¡Oh, no, por favor, quédensela! —dijo Charles—. ¡Cómprense comida, botas, libros!

—En realidad, tenemos muchísimos libros —comentó Jack—. Y en casa tenemos comida, botas y a nuestros padres. Es todo lo que necesitamos.

—Charles, por favor, dásela a alguien que no tenga nuestra buena suerte —propuso Annie.

—Oh... no sé qué decir —agregó Charles—. Ustedes dos son los niños más extraordinarios que he conocido en mi vida. Claramente, son de corazón bueno y generoso, llevan en el alma el mensaje que quiero escribir en *Cuento de Navidad*.

Annie sonrió.

—Gracias, es bonito que se lo recuerden a uno —dijo—. No puedo esperar a leer tu cuento.

—¿Y adónde irán ahora? ¿Estarán bien? —preguntó Charles.

—Sí, nuestros padres nos cuidarán —comentó Jack—. No tienes por qué preocuparte.

—Jamás los olvidaré —dijo Charles.

—Nosotros tampoco te olvidaremos —agregó Annie—. Adiós, Charles.

Ella y Jack bajaron del coche y salieron del parque. La niebla era tan densa que ni se veían los árboles. Jack ni siquiera podía ver a Annie. Pero se alegró cuando ella dijo: "¡La encontré!".

Jack corrió hacia donde escuchaba la voz de Annie. Ella ya estaba en la mitad de la escalera colgante. Mientras Jack subía detrás de Annie, las campanas de la iglesia empezaron a sonar, marcando la hora.

Entraron en la casa mágica y se acercaron a la ventana. No se veía nada; sólo una niebla espesa.

—Charles va a estar bien —comentó Annie.

—Sí —contestó Jack, sonriendo—. Nunca supo que fuimos nosotros quienes lo ayudamos.

—Creo que esa es la mejor manera de ayudar a alguien —agregó Annie.

—¿Por qué? —preguntó Jack.

—Hay que ayudar a los demás, pero no para que te lo agradezcan —dijo Annie—, sino porque, simplemente, es lo que debe hacerse.

Jack asintió con la cabeza. Las palabras de su hermana eran muy ciertas.

—¿Lista para ir a casa? —preguntó Jack, agarrando el libro de Pensilvania.

Annie dijo que sí con la cabeza.

Jack señaló el dibujo del bosque de Frog Creek.

—Deseamos volver a casa —dijo.

El viento comenzó a soplar.

La casa del árbol empezó a girar.

Más y más rápido cada vez.

Después, todo quedó en silencio.

Un silencio absoluto.

CAPÍTULO ONCE

Dones para el mundo

En Frog Creek, el tiempo se había detenido. El cielo resplandecía con el anaranjado del atardecer. Annie y Jack llevaban puesta su ropa: jeans, chaquetas y tenis. La bolsa verde de terciopelo se había convertido en mochila.

—¡Annie! ¡Jack! —llamó alguien desde el bosque.

Los dos se asomaron a la ventana. ¡Teddy y Kathleen estaban parados entre las sombras, justo debajo de la casa del árbol!

—¡Hola! ¡Hola! —contestaron Annie y Jack. Rápidamente, bajaron por la escalera colgante.

—¡Qué alegría nos da verlos! —comentó Annie—. ¿Por qué están aquí?

Antes de que Teddy o Kathleen contestaran se oyó un crujido de hojas secas y, de entre los árboles en sombras, aparecieron Morgana le Fay y el mago Merlín.

—¡Morgana! ¡Merlín! —exclamó Annie.

Pi, pi....

—¡Penny! —exclamó Jack.

Ella se balanceaba de un lado al otro, siguiendo a Merlín. Annie y Jack la habían traído de la Antártida para regalársela al mago.

Pi, pi.

Kathleen alzó al bebé pingüino y lo sostuvo en los brazos.

Pi, pi.

Annie y Jack se rieron con ternura.

—¿Cómo has estado, Penny? —preguntó Jack.

—Es maravillosa —respondió Morgana—. En Camelot, todos la adoran. Yo diría que se convirtió en el alma de nuestro reino.

—No ha crecido nada —comentó Jack.

—En Camelot, el tiempo pasa muy, muy despacio —anotó Merlín sonriendo.

—Así es —añadió Morgana—. Desde que los vimos a ustedes por última vez, en nuestro reino, casi no hemos envejecido.

—Sin embargo, ustedes consiguieron mucho en muy poco tiempo —agregó Merlín—. Cumplieron con sus misiones: ayudar a cuatro artistas a compartir sus dones con el mundo.

—Y por lo que escuchamos —dijo Morgana—, ustedes fueron tan exitosos con Charles Dickens como con Lady Augusta Gregory, Louis Armstrong y Wolfgang Amadeus Mozart.

—Creo que sí —contestó Jack, con modestia.

—Quiero mucho a Charles —agregó Annie—. Los quiero a todos. Siento que nos hicimos buenos amigos de los cuatro.

—Sí, pero me entristece mucho pensar que no volveré a verlos —dijo Jack.

—Imaginamos que sería así —comentó Kathleen.

—Merlín y Morgana desean mostrarles algo —agregó Teddy.

—Pero, antes, necesitamos el violín y el arco —dijo Kathleen.

—Ah, claro —contestó Jack. Buscó dentro de la bolsa y sacó el instrumento mágico.

Teddy agarró el violín y Kathleen, el arco.

—En las últimas misiones tocaron el violín, la flauta irlandesa, la trompeta y la flauta; todos instrumentos mágicos —comentó Kathleen.

Annie y Jack asintieron con la cabeza.

—¿Recuerdan de dónde provenía la magia? —preguntó Kathleen, lanzando el violín al aire. El instrumento quedó suspendido por un momento y luego empezó a girar y girar generando un destello de luz azul. El violín y el arco se esfumaron y, en el mismo lugar, apareció flotando un objeto con forma de cuerno de unicornio anillado.

—¡La Vara de Dianthus! —exclamaron Annie y Jack al unísono.

—Sí —contestó Kathleen. La agarró y se la dio a Merlín.

Él, con los ojos cerrados, dibujó círculos en el aire con la vara, mientras susurraba unas palabras. Jack no pudo entender lo que decía.

De repente, vino una ráfaga de viento y todos aparecieron en la esquina de la calle de Annie y Jack. Algunas personas caminaban bajo la luz crepuscular. Jack, preocupado, miró a Merlín, Morgana, Teddy, Kathleen y Penny. ¿Qué diría la gente?

—Descuida —dijo Morgana, que parecía leer la mente de Jack—. La gente no puede vernos ni oírnos, sólo a ti y a Annie.

—Escuchen con atención... —agregó Merlín.

Jack hizo silencio. De la casa de la esquina empezó salir una hermosa música.

—Un cuarteto de cuerdas está ensayando para dar un concierto de Mozart. Será este sábado, en una iglesia —comentó Merlín.

—¡Fantástico! —exclamó Annie.

Merlín agitó la vara nuevamente y susurró más palabras mágicas.

Vino otra ráfaga de viento y todos aparecieron junto a la ventana de un enorme edificio de ladrillos. Adentro, varios niños tocaban la trompeta, el saxofón y la batería.

—Es la sala de música de la escuela intermedia —comentó Jack.

—Sí, la banda está ensayando una canción de Louis Armstrong para el festival de jazz de la semana próxima —comentó Morgana.

Nuevamente, Merlín agitó en círculos la vara mágica pronunciando sus palabras secretas. Otra ráfaga hizo que todos se encontraran de repente junto a la ventana de un edificio de madera blanca.

—¡Es la biblioteca de Frog Creek! —dijo Annie. Allí, una mujer, sentada en un sillón, hablaba y hablaba moviendo las manos. Junto a ella, un grupo de niños escuchaba atentamente.

—Una narradora está contando leyendas irlandesas —comentó Kathleen—: las historias de Lady Augusta Gregory.

Luego, con la vara, Merlín dibujó nuevos círculos en el aire pronunciando sus palabras mágicas. Otra ráfaga y todos se encontraron, de golpe, en la parte de atrás de un oscuro auditorio. Varios actores ensayaban sobre el escenario.

—Por demanda popular —susurró Teddy—, el

teatro de Frog Creek presenta *Cuento de Navidad*, de Charles Dickens.

—¡Qué bueno! Podemos volver a ver la obra —susurró Annie.

—Sí, así podrán visitar a Dickens otra vez —dijo Merlín.

—Así es: Charles Dickens, Lady Augusta Gregory, Louis Armstrong, Wolfgang Amadeus Mozart y otros grandes artistas siguen vivos a través de su obra —explicó Morgana.

—Annie, Jack, al llevar a sus amigos por el camino correcto, ellos lograron brindar sus dones al mundo —agregó Kahtleen.

—Y el mundo aún continúa recibiéndolos —añadió Teddy.

—Han cumplido su misión —les dijo Merlín a Annie y a Jack—. Gracias por ayudar a hacer felices a millones de personas.

—Fue un placer —contestó Annie.

Jack se volteó para observar el ensayo de *Cuento de Navidad*.

El fantasma de la Navidad Futura justo había

terminado su escena. Scrooge se había quedado solo en su habitación. De repente, el actor que representaba ese personaje comenzó a saltar de un lado al otro, riendo y llorando a la vez.

—¡Me siento liviano como una pluma! —gritaba—. ¡Soy feliz como un ángel!

Annie y Jack se rieron de la alegría salvaje de Scrooge. Jack se volteó para reír con los demás, pero todos se habían marchado. Merlín, Morgana, Teddy, Kathleen y Penny se habían esfumado.

—Nosotros también deberíamos ir a casa —dijo.

—¡Feliz Navidad! —gritó Scrooge.

En ese instante, Annie y Jack salieron del teatro de Frog Creek y corrieron hacia su casa.

Más información acerca de Charles Dickens

En el otoño de 1843, el joven Charles Dickens se sintió terriblemente afectado por la dura situación de la gente pobre de Inglaterra. Afligido por los propios recuerdos de su desesperada infancia en la pobreza, el escritor estaba especialmente preocupado por los niños. En busca de orientación e inspiración, a menudo, salía a caminar a la hora del crepúsculo por los vecindarios más pobres de Londres.

Una noche, durante uno de sus paseos, Dickens tuvo la idea de escribir *Cuento de Navidad en Prosa: Nacido de una historia de fantasmas en*

Navidad, fue así como lo subtituló. Era la historia de un hombre avaro, llamado Scrooge, de un pequeño niño llamado Tiny Tim y de tres fantasmas de Navidad. Dickens escribió febrilmente hasta que terminó su historia de fantasmas a comienzos de diciembre. Tras ser rápidamente publicada, las primeras seis mil copias se agotaron de inmediato.

Desde entonces, *Cuento de Navidad* se ha convertido en uno de los libros más queridos. Escrito en una época en la que las tradiciones navideñas iban en declive, a esta historia se le reconoce el logro de reavivar las celebraciones tradicionales, alentando a las familias a reunirse en Navidad y a la gente, a ser más generosa con los más desafortunados.

Después de *Cuento de Navidad*, Charles Dickens escribió muchas grandes obras, entre ellas: *David Copperfield, Casa desolada* y *Grandes esperanzas*. Durante la época victoriana, sus libros brindaron placer a la gente, además de promover muchas reformas encaminadas a mejorar la condición de los pobres de Gran Bretaña.

Mary Pope Osborne

Autora galardonada, ha escrito numerosas novelas, libros ilustrados, colecciones de cuentos y libros de no ficción. La serie La casa del árbol, éxito de ventas del *New York Times*, ha sido traducida a muchos idiomas. Ampliamente recomendados por padres y educadores, estos relatos acercan a los lectores más jóvenes a diferentes culturas y períodos de la Historia, así como también, al legado mundial de cuentos y leyendas antiguas. La señora Osborne está casada con Will Osborne, coautor de Magic Tree House Research Guides, libretista y letrista de *La casa del árbol: El musical*, una adaptación teatral de la serie. Los Osborne viven en el noroeste de Connecticut, con sus perros, Joey, Mr. Bezo y Little Bear. Encontrarás más información en www.marypopeosborne.com.

Sal Murdocca

Más conocido por su sorprendente trabajo en La casa del árbol, ha escrito e ilustrado más de doscientos libros infantiles. Entre ellos: *Dancing Granny*, de Elizabeth Winthrop, *Double Trouble in Walla Walla*, de Andrew Clements y *Big Numbers*, de Edward Packard. También enseñó escritura y dibujo en la Parsons School of Design, en Nueva York. Murdocca es el libretista de una ópera para niños y, recientemente, terminó su segundo cortometraje. Además, es un ávido corredor, ciclista y excursionista. Durante sus frecuentes viajes por Europa en bicicleta, realizó pinturas, que expuso en numerosas muestras unipersonales. En la actualidad, vive con Nancy, su esposa, en New City, Nueva York.